EL GRAN CAPOQUERO

boa arbórea esmeralda

guacamayo escarlata

rana arbórea brasileña

coatí

escamandra

tana dora

tucán

tanagra de cuello

rana arbórea

perezoso de tres dedos

mariposa urania

gallito de las rocas

puercoespín arbóreo

madre tapir y su hijito

osa hormiguera y su hijito

mariposa vindula arsinoe

ra vene

saltamontes amazónico

pichón de hoatzín (o chenchena)

OCÉANO ÁRTICO

GROENLANDIA

EUROPA

AMÉRICA DEL NORTE

OCÉANO ATLÁNTICO

ÁFRICA

América Central

MAR CARIBE

LA SELVA AMAZÓNICA

Río Negro

Manaus

Río Amazonas

Línea Ecuatorial

Brasil

AMÉRICA DEL SUR

OCÉANO PACÍFICO

Mad

☐ selvas actuales

☐ selvas orginales

Selvas tropicales

loro

tití

jaguar

mariposa
anteos
menippe

oso
hormiguero

boa
constrictora

oso hormiguero
sedoso

mono tití con
bigotes

mono
lanudo

iguana

mariposa
pasionaria

mariposa
siproena
stelenes

kinkayú

silfo de cola
morada

ASIA

Japón

OCÉANO
PACÍFICO

India

Indochina

Filipinas

Malasia

Indonesia

Nueva
Guinea

OCÉANO
ÍNDICO

AUSTRALIA

del mundo

ANTÁRTICA

EMERGENTES

Emergentes

BÓVEDA

Bóveda

Capa
intermedia

ZONA INFERIOR

Capa de arbustos

Capa de
hierba

ailecillo

periquito

mariposa
morfo azul

ocelote

mariposa hamadryas afinome

pitpit
(o azucarero)

de patas
rojas

mariposa
papilio
androgeous

La selva amazónica es muy calurosa. Y en el calor todo crece, crece y crece. Las copas de los árboles forman la cúpula. La cúpula es un lugar soleado que toca el cielo. A los animales que viven allí les gusta mucho la luz. Loros de colores brillantes vuelan de árbol en árbol. Los monos saltan de rama en rama. A los animales que viven en la zona inferior de la selva les gusta la obscuridad. Allí, serpientes silenciosas se enredan en las lianas colgantes. Jaguares gráciles observan y esperan.

Y en este ambiente húmedo el gran capoquero se empina por la selva y emerge por encima de la bóveda.

Esta es la historia de una comunidad de animales que vive en uno de esos árboles en la selva tropical.

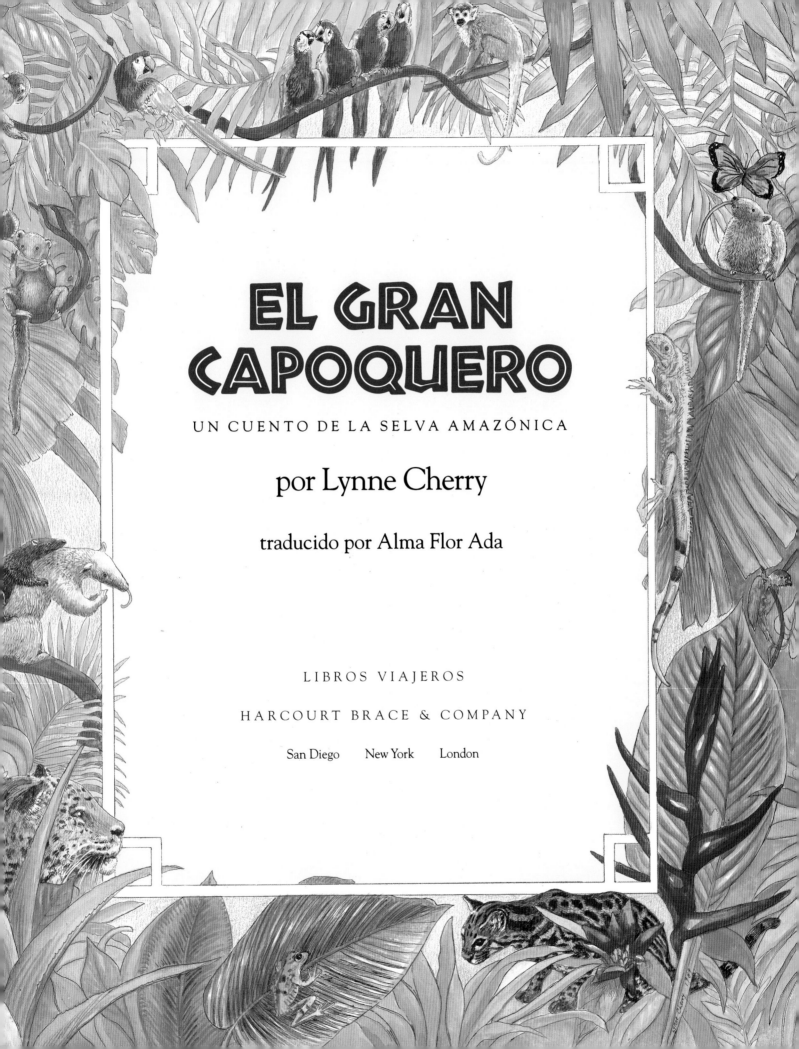

EL GRAN CAPOQUERO

UN CUENTO DE LA SELVA AMAZÓNICA

por Lynne Cherry

traducido por Alma Flor Ada

LIBROS VIAJEROS

HARCOURT BRACE & COMPANY

San Diego   New York   London

Thanks to my friends Irv and Bernice Kirk for their editorial
assistance; to the World Wildlife Fund in Washington, D.C.,
and especially to Rob Bierregaard for sharing his office, his
reference photos, and his expertise; to Victor Bullen and,
again, to Rob for facilitating my trip to WWF's base camp
in the Amazon rain forest and to Carlos Miller, the native
Brazilian who posed as the woodcutter, to Brian Boom,
assistant curator at the New York Botanical Garden, for all
his assistance, especially in Manaus; to Stephen Nash and
Judy Stone of SUNY at Stonybrook; to Russ Mittermeier,
Mark Plotkin, and Gary Hartshorn of the World Wildlife
Fund and Tom Lovejoy of the Smithsonian Institution.
A special thanks to Eric Fersht for his help every step of the
way, and as always, to my folks, Herbert and Helen Cherry.

This is a translation of *The Great Kapok Tree.*

Libros Viajeros is a registered trademark of Harcourt Brace & Company.

For information about permission to reproduce
selections from this book, please write to Permissions,
Houghton Mifflin Harcourt Publishing Company 215 Park
Avenue South NY NY 10003.

Library of Congress Cataloging-in-Publication Data
Cherry, Lynne.
[Great kapok tree. Spanish]
El gran capoquero: un cuento de la selva amazónica/por Lynne
Cherry: traducido por Alma Flor Ada.
p.   cm.
Summary: The many different animals that live in a great kapok
tree in the Brazilian rain forest try to convince a man with an ax
of the importance of not cutting down their home.
ISBN 0-15-232320-1
[1. Conservation of natural resources — Fiction. 2. Rain forests—
Fiction. 3. Ecology — Fiction. 4. Kapok — Fiction. 5. Jungle
animals — Fiction. 6. Spanish language materials.] I. Title.
PZ73.C52   1994
[E] — dc20   93-36401

SCP   22 21 20 19
4500503872

The illustrations in this book were done in watercolors, colored pencils, and
Dr. Martin's Watercolors on Strathmore 400 watercolor paper.
Composition by Thompson Type, San Diego, California
Color separations by Bright Arts, Ltd., China
Printed and bound by RR Donnelley,China
Production supervision by Stanley Redfern and Ginger Boyer
Designed by Michael Farmer

Printed in China

*Este libro está dedicado al recuerdo de
Chico Mendes,
que dio la vida para preservar
una parte de la selva.*

Dos hombres entraron a la selva. Hasta entonces, la selva había estado viva, llena de graznidos de pájaros y aullidos de monos. De pronto todo se volvió quietud mientras los animales observaban a los dos hombres y se preguntaban por qué habrían venido.

El hombre más alto se detuvo y señaló un gran árbol, un capoquero. Luego se marchó.

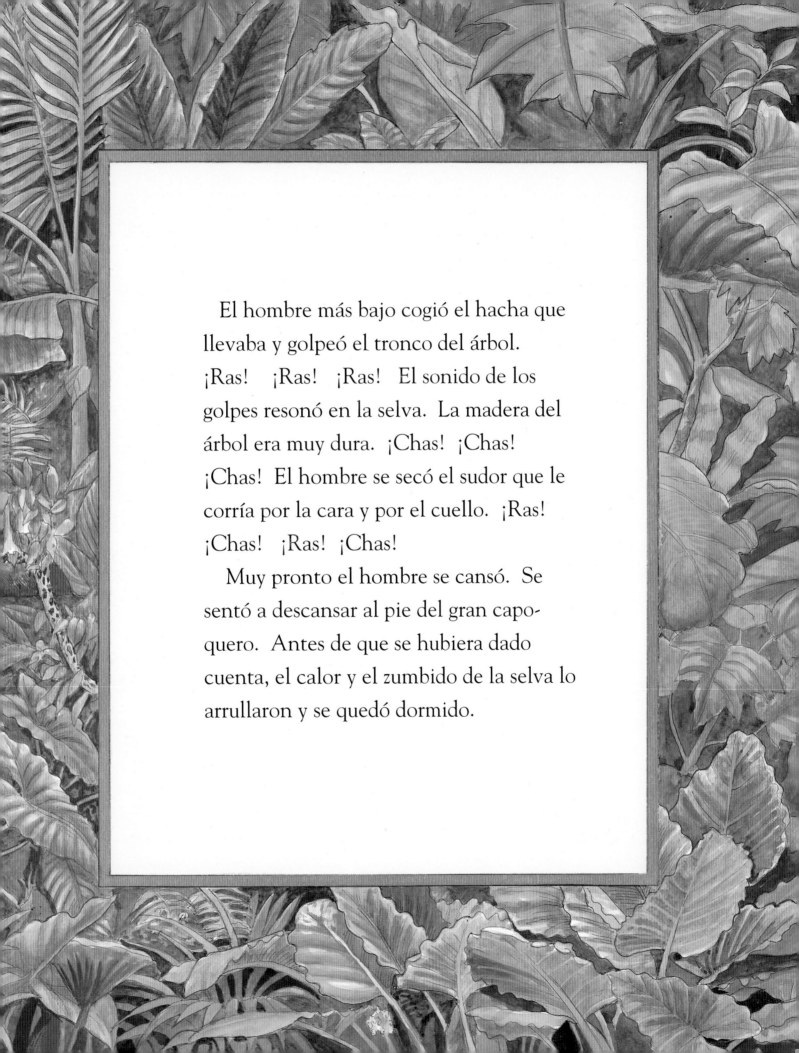

El hombre más bajo cogió el hacha que
llevaba y golpeó el tronco del árbol.
¡Ras!   ¡Ras!   ¡Ras!   El sonido de los
golpes resonó en la selva. La madera del
árbol era muy dura. ¡Chas! ¡Chas!
¡Chas! El hombre se secó el sudor que le
corría por la cara y por el cuello. ¡Ras!
¡Chas!   ¡Ras! ¡Chas!

Muy pronto el hombre se cansó. Se
sentó a descansar al pie del gran capoquero. Antes de que se hubiera dado
cuenta, el calor y el zumbido de la selva lo
arrullaron y se quedó dormido.

En el capoquero vivía una boa constrictora. La boa se deslizó por el tronco hasta el hombre dormido. Observó el corte que el hacha había hecho en el árbol. Luego la enorme serpiente se acercó al hombre y le silbó al oído: —Señor, este árbol es milagroso. Es mi hogar. Muchas generaciones de mis antepasados han vivido en él. No lo corte.

Una abeja le zumbó al oído al hombre dormido: —Señor, mi colmena está en este capoquero. Yo vuelo de árbol en árbol y de flor en flor recolectando polen. Así polinizo los árboles y las flores de la selva. Todos los seres vivientes dependen unos de los otros.

Un grupo de monos descendió retozando de la copa del capoquero. Le hablaron al hombre dormido: —Señor, hemos visto lo que hacen los hombres. Cortan un árbol, luego regresan por otro y por otro. Las raíces de estos grandes árboles se secan y mueren y no queda nada para contener la tierra en su lugar. Cuando llegan las lluvias fuertes, arrastran la capa vegetal y la selva se convierte en desierto.

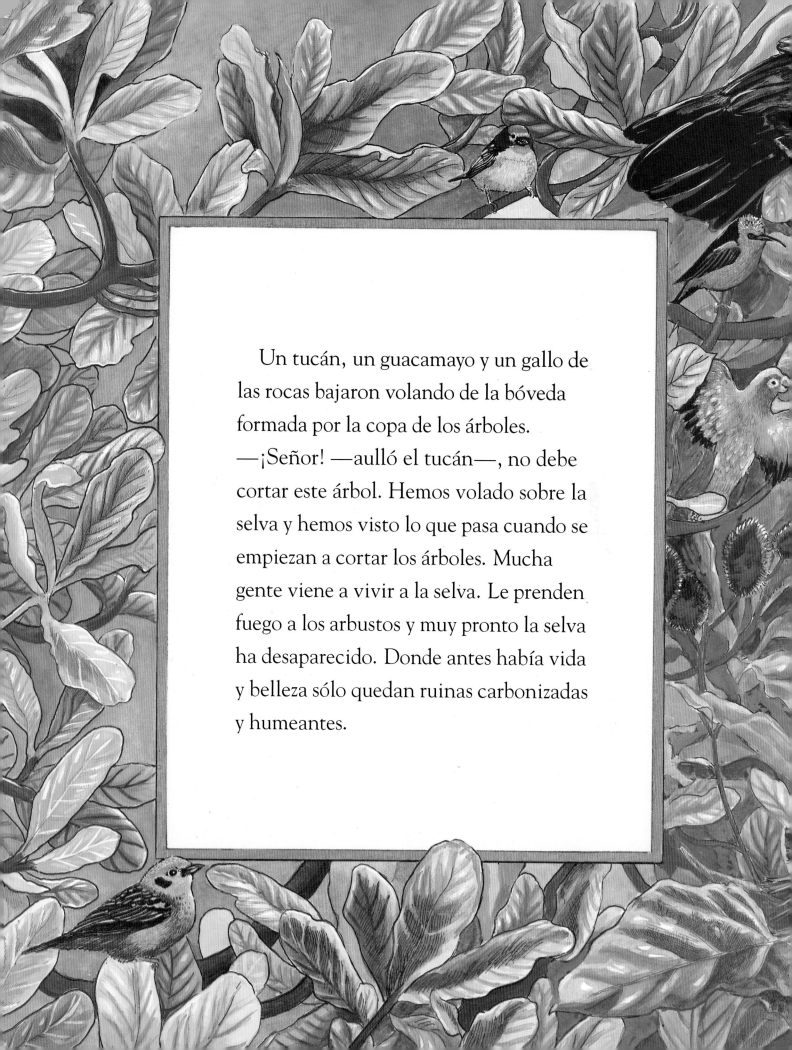

Un tucán, un guacamayo y un gallo de las rocas bajaron volando de la bóveda formada por la copa de los árboles.

—¡Señor! —aulló el tucán—, no debe cortar este árbol. Hemos volado sobre la selva y hemos visto lo que pasa cuando se empiezan a cortar los árboles. Mucha gente viene a vivir a la selva. Le prenden fuego a los arbustos y muy pronto la selva ha desaparecido. Donde antes había vida y belleza sólo quedan ruinas carbonizadas y humeantes.

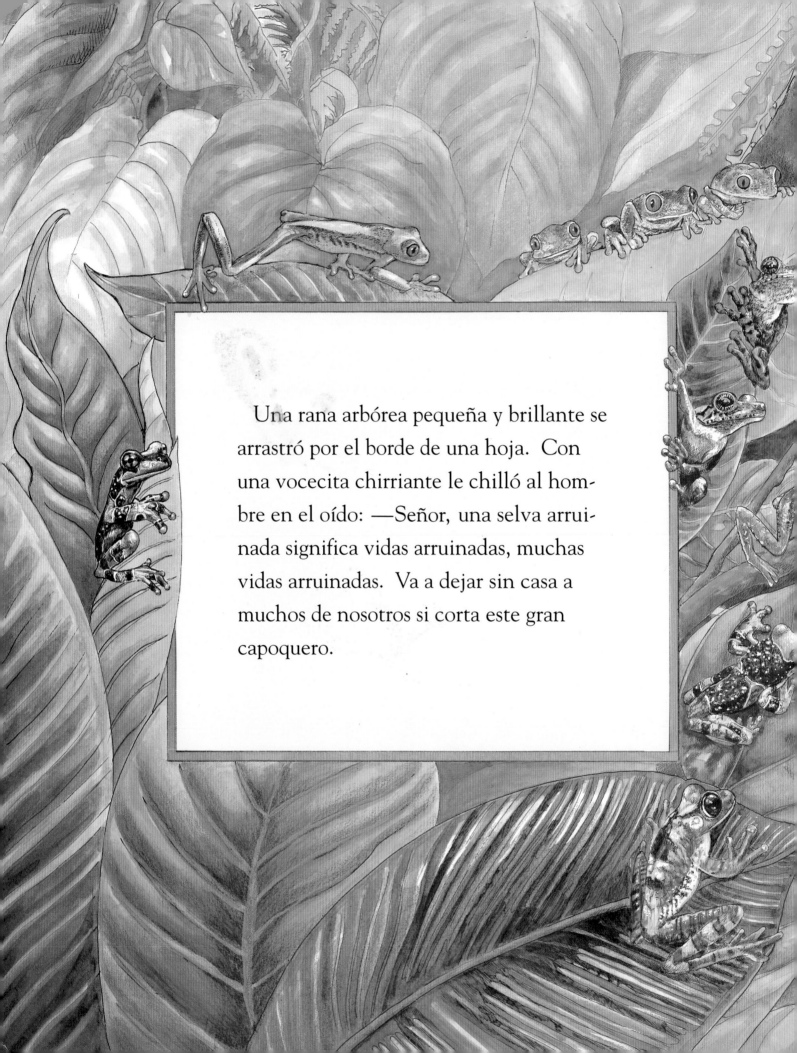

Una rana arbórea pequeña y brillante se arrastró por el borde de una hoja. Con una vocecita chirriante le chilló al hombre en el oído: —Señor, una selva arruinada significa vidas arruinadas, muchas vidas arruinadas. Va a dejar sin casa a muchos de nosotros si corta este gran capoquero.

Un jaguar había estado durmiendo en una rama en medio del árbol. Porque su piel moteada se confunde con las luces y sombras de la zona baja de la selva, nadie se había dado cuenta que estaba allí. El jaguar saltó y caminó silenciosamente hasta el hombre dormido. Le gruñó al oído: —Señor, el capoquero es el hogar de muchos pájaros y animales. Si lo corta, ¿dónde encontraré la cena?

Cuatro puercoespines arbóreos bajaron colgándose de rama en rama y le susurraron al hombre: —Señor, ¿sabe lo que necesitan los seres humanos y los animales para vivir? Oxígeno. Y, señor, ¿sabe usted lo que producen los árboles? ¡Oxígeno! Si corta la selva destruirá lo que nos da a todos la vida.

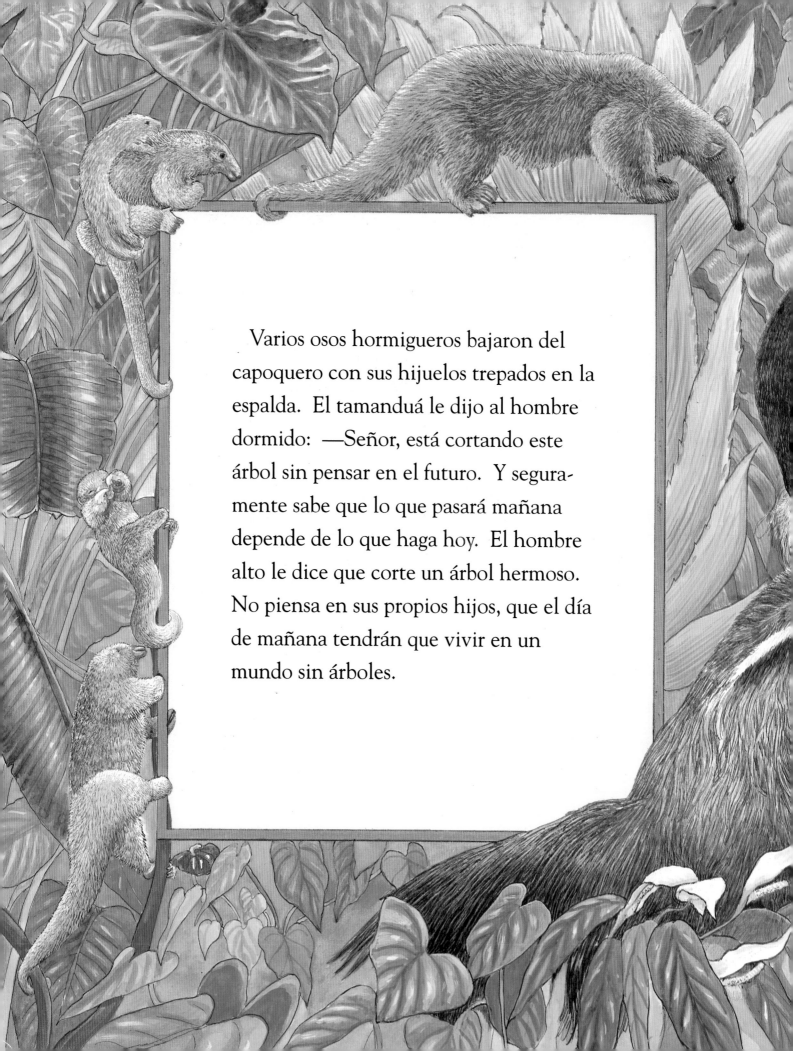

Varios osos hormigueros bajaron del capoquero con sus hijuelos trepados en la espalda. El tamanduá le dijo al hombre dormido: —Señor, está cortando este árbol sin pensar en el futuro. Y seguramente sabe que lo que pasará mañana depende de lo que haga hoy. El hombre alto le dice que corte un árbol hermoso. No piensa en sus propios hijos, que el día de mañana tendrán que vivir en un mundo sin árboles.

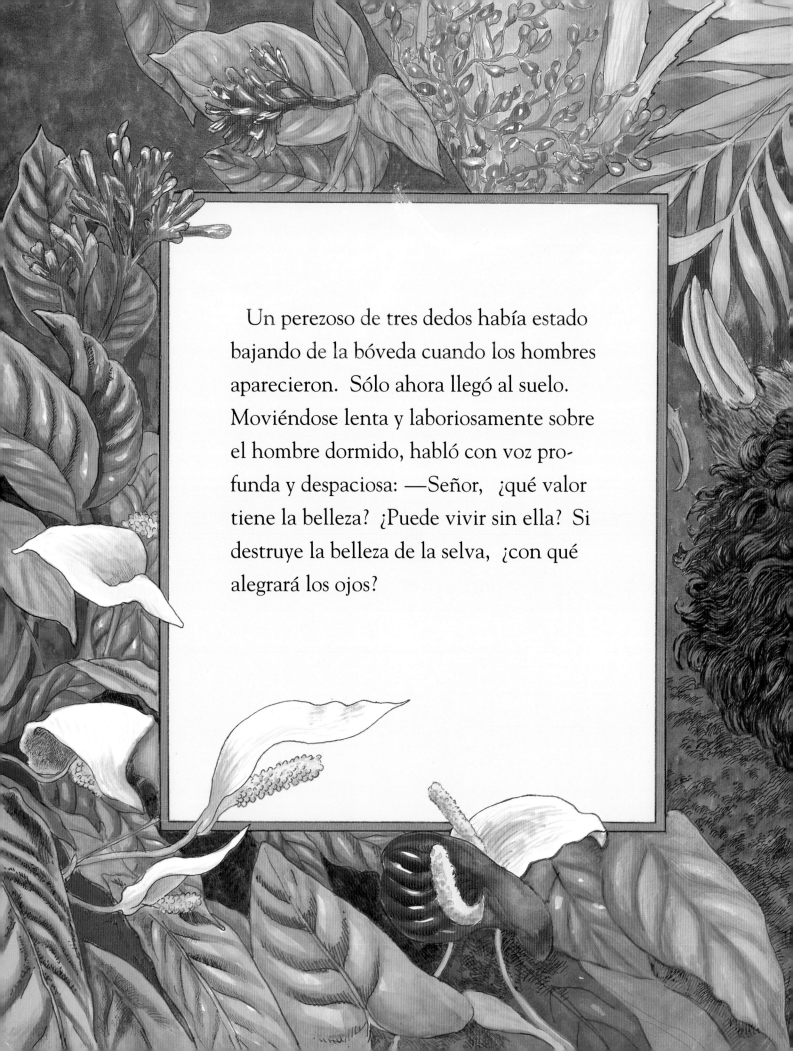

Un perezoso de tres dedos había estado
bajando de la bóveda cuando los hombres
aparecieron. Sólo ahora llegó al suelo.
Moviéndose lenta y laboriosamente sobre
el hombre dormido, habló con voz pro-
funda y despaciosa: —Señor, ¿qué valor
tiene la belleza? ¿Puede vivir sin ella? Si
destruye la belleza de la selva, ¿con qué
alegrará los ojos?

Un niño de la tribu yanomana que vivía en la selva, se arrodilló junto al hombre dormido. Le murmuró al oído: —Señor, cuando se despierte, por favor mírenos con nuevos ojos.

El hombre se despertó sobresaltado.
Ante él estaba el niño de la selva y a su
alrededor, observándolo, los seres que
dependían del gran capoquero. ¡Qué animales extraños y maravillosos!

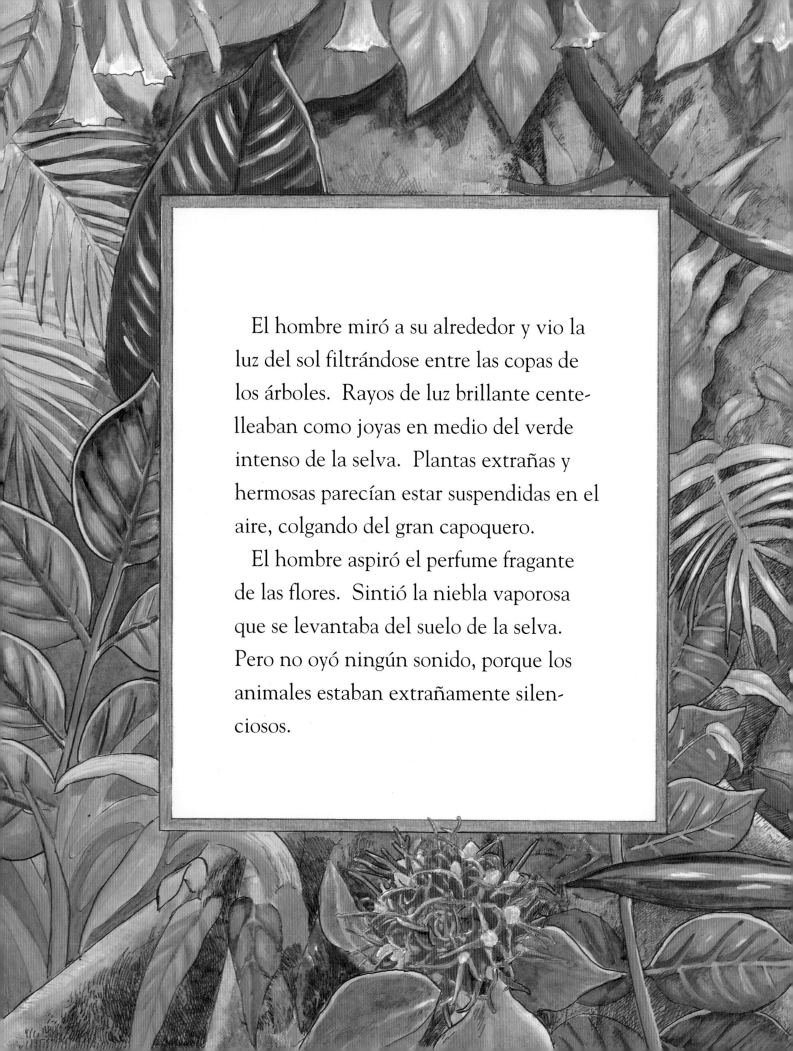

El hombre miró a su alrededor y vio la luz del sol filtrándose entre las copas de los árboles. Rayos de luz brillante centelleaban como joyas en medio del verde intenso de la selva. Plantas extrañas y hermosas parecían estar suspendidas en el aire, colgando del gran capoquero.

El hombre aspiró el perfume fragante de las flores. Sintió la niebla vaporosa que se levantaba del suelo de la selva. Pero no oyó ningún sonido, porque los animales estaban extrañamente silenciosos.

El hombre se levantó y cogió el hacha.
Levantó el brazo, como si fuera a golpear
el árbol. De repente se detuvo. Se volteó
y miró a los animales y al niño.

Dudó por un momento. Luego abandonó el hacha y salió de la selva.

boa arbórea
esmeralda

guacamayo
escarlata

rana arbórea
brasileña

escamandra

tan
dor

coatí

tanagra
de cuello

tucán

rana
arbórea

perezoso
de tres
dedos

mariposa
urania

gallito de las rocas

puercoespín
arbóreo

OCÉANO ÁRTICO

GROENLANDIA

EUROPA

AMÉRICA
DEL NORTE

OCÉANO
ATLÁNTICO

ÁFRICA

América
Central

MAR CARIBE

LA SELVA
AMAZÓNICA

Río Negro

Manaus

Línea Ecuatorial

Río Amazonas

Brasil

AMÉRICA
DEL SUR

Mad

OCÉANO
PACÍFICO

☐ selvas actuales
☐ selvas orginales

Selvas tropicales

madre tapir
y su hijito

osa hormiguera
y su hijito

mariposa vindula
arsinoe

ra
vene

saltamontes
amazónico

pichón de hoatzín
(o chenchena)

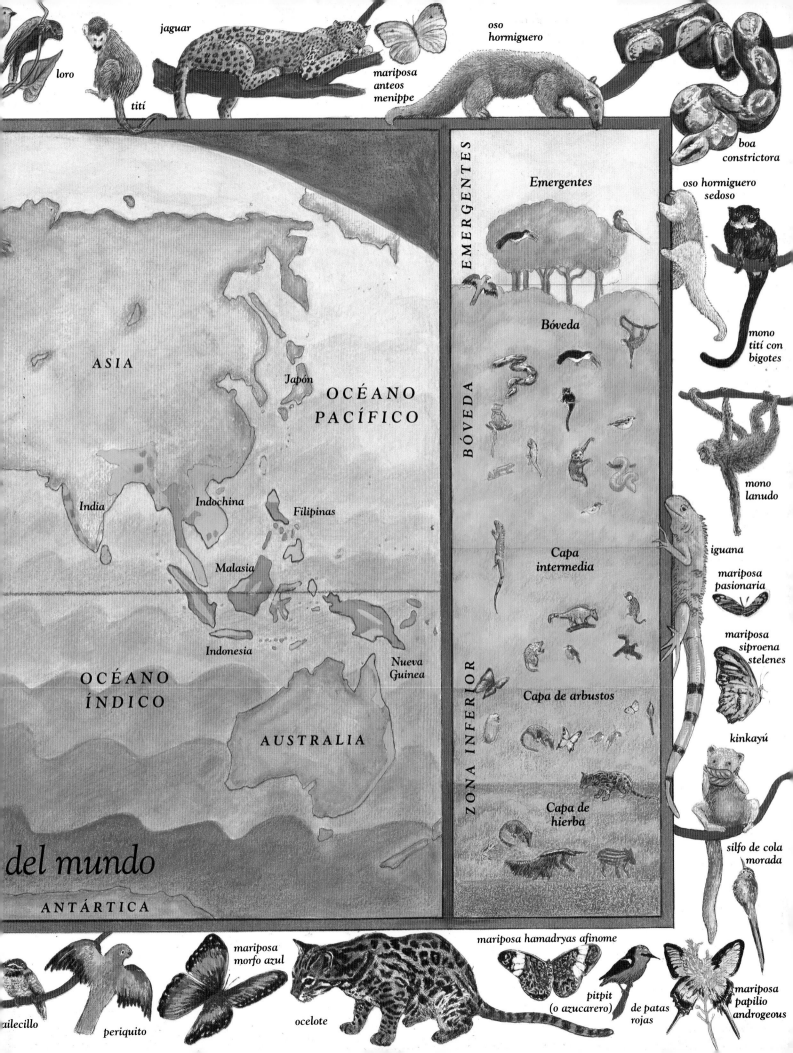

loro

jaguar

tití

mariposa anteos menippe

oso hormiguero

boa constrictora

oso hormiguero sedoso

mono tití con bigotes

mono lanudo

iguana

mariposa pasionaria

mariposa siproena stelenes

kinkayú

silfo de cola morada

EMERGENTES

Emergentes

BÓVEDA

Bóveda

Capa intermedia

ZONA INFERIOR

Capa de arbustos

Capa de hierba

ASIA

Japón

OCÉANO PACÍFICO

India

Indochina

Filipinas

Malasia

Indonesia

Nueva Guinea

OCÉANO ÍNDICO

AUSTRALIA

del mundo

ANTÁRTICA

ailecillo

periquito

mariposa morfo azul

ocelote

mariposa hamadryas afinome

pitpit (o azucarero)

de patas rojas

mariposa papilio androgeous